# 小學生
# 句子正誤自測

商務印書館

## 小學生句子正誤自測

主　　編：商務印書館編輯部

責任編輯：馮孟琦

封面設計：黎奇文

出　　版：商務印書館 (香港) 有限公司

　　　　　香港筲箕灣耀興道 3 號東滙廣場 8 樓

　　　　　http://www.commercialpress.com.hk

發　　行：香港聯合書刊物流有限公司

　　　　　香港新界大埔汀麗路 36 號中華商務印刷大廈 3 字樓

印　　刷：中華商務彩色印刷有限公司

　　　　　香港新界大埔汀麗路 36 號中華商務印刷大廈 14 字樓

版　　次：2018 年 10 月第 1 版第 1 次印刷

　　　　　© 2018 商務印書館 (香港) 有限公司

　　　　　ISBN 978 962 07 0532 8

　　　　　Printed in Hong Kong

# 使用説明

(1) 把測試成績記錄下來。答對 1 分，答錯 0 分，
每 50 題做一次小結，看看自己表現如何。

(2) 左頁大部分句子都有錯誤，是一個病句，請你
想想應該怎樣改正。

(3) 做完左頁全部題目，才翻開長摺頁核對答案。
無論答對還是答錯，你都應該仔細閱讀右頁的
解說，弄清楚出錯原因和正確句子的寫法，加
深認識。

(4) 完成所有測試後，可以用書上的病句例子對照
自己的作文，幫助自己重
點學習錯得最多的類型，
真正提高你的語文水平！

# 這些句子錯了嗎？

你用對詞語了嗎？

妹妹明天就要參加比賽了，媽媽獎勵她說：「加油！」

今天，他穿的那條衣服很合身。

姐姐成績這樣好，一方面是因為她努力學習，而且也因為她本來就很聰明。

玲玲這次考試獲得第一名，這個好成就讓她高興得跳了起來。

2

**答案** 妹妹明天就要參加比賽了，媽媽**鼓勵**她說：「加油！」

**解題** 在妹妹參加比賽之前，媽媽說的話是支持她，為她打氣。而「獎勵」是妹妹在比賽中獲得好成績時才給予的。所以這裏應該用「鼓勵」。

**答案** 今天，他穿的那**套**衣服很合身。

**解題** 在衣物方面，「條」只用來與「褲子」、「領帶」、「圍巾」等搭配，而「衣服」則與「件」或者「套」搭配在一起。

**答案** 姐姐成績這樣好，一方面是因為她努力學習，**另一方面是因為**她本來就很聰明。

**解題** 根據句子的意思，姐姐成績好的兩個原因是同樣重要的。但「而且」這個詞有更進一步的意思，所以不應採用，關聯詞應改為「另一方面」。

**答案** 玲玲這次考試獲得第一名，這個好**成績**讓她高興得跳了起來。

**解題** 考試獲得的是「成績」，「成就」是指人在工作中、事業上得到的好結果。這個句子應該用「成績」。

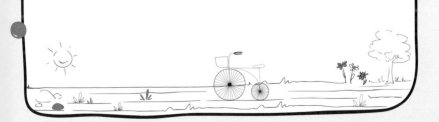

你用對詞語了嗎?

弟弟常常玩電子遊戲，現在不得不早早戴上了近視鏡片。

在這個舞蹈節目中，我演出一隻可愛的小白兔。

那位警察為了保衛一個小女孩而失去了自己的生命。

我們都很保護書本，誰也不在書上亂畫。

**答案** 弟弟常常玩電子遊戲，現在不得不早早戴上了近視**眼鏡**。

**解說** 「近視鏡片」一般單單指眼鏡上的鏡片。只有鏡片，人又怎麼戴上去呢？所以只能說戴上「近視眼鏡」。

**答案** 在這個舞蹈節目中，我**扮演**一隻可愛的小白兔。

**解說** 「演出」表示把完整的節目表演給觀眾欣賞。而這句話要表達的是「我」扮成小白兔出場表演，所以應該用「扮演」。

**答案** 那位警察為了**保護**一個小女孩而失去了自己的生命。

**解說** 「保衛」一般與國家、領土等大範圍的事物搭配，「保護」則通常與人、某些動物等搭配在一起。這句話中應該用「保護」。

**答案** 我們都很**愛惜**書本，誰也不在書上亂畫。

**解說** 「保護」一般是指盡力照顧人或者事物，使他（它）不受傷害。而「愛惜」則是因為重視某樣東西而愛護它，珍惜它。「愛惜」一般是與事物搭配在一起。人對書本不應是「保護」，所以用「愛惜書本」更好。

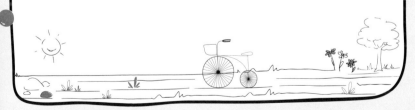

教室裏十分清靜，同學們都在專心地寫作文。

這本書是我爸爸編書的。

這艘船這麼大，乘坐時一定十分安定。

這個花瓶被裝置在一個不恰當的地方。

6

**答案** 教室裏十分**安靜**，同學們都在專心地寫作文。

**解說** 「清靜」和「安靜」都帶着沒有聲音、不吵鬧的意思，但「清靜」往往被用來形容生活情況和範圍比較大的環境，而「安靜」常常被用於形容個人或者較小的環境。所以用「安靜」形容教室更合適。

**答案** 這本書是我爸爸**編寫**的。

**解說** 「編書」是指編寫書本內容這件事。而在這個句子前面已經有「這本書」，後面再出現「書」字的詞組就會顯得重複，應該用「編寫」才能準確表達「我」的意思。

**答案** 這艘船這麼大，乘坐時一定十分**平穩**。

**解說** 「安定」一般用於說明人們的心理、生活和社會的情況，「平穩」既可用來形容社會的情況（例如「物價平穩」），也能表示物體穩定、不搖晃。句子描寫的是船的行駛情況，應該用「平穩」。

**答案** 這個花瓶被**放置**在一個不恰當的地方。

**解說** 「裝置」一般是指機器中的部件，當它要表示「安裝」這個動作時，通常不用在「被」字後面。「放置」表示安放，把東西擺在某一個地方。句子中應該用「放置」。

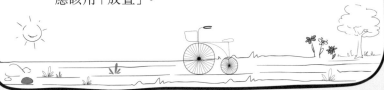

你用對詞語了嗎？

小紅暗暗下定決定，一定要克服困難。

他用釘子把木條粘住牆壁。

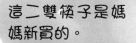

這二雙筷子是媽媽新買的。

弟弟說，他一定要改良自己做事拖拉的缺點。

**答案** 小紅暗暗下定**決心**，一定要克服困難。

**解釋** 你一定常常聽到「下定決心」這個短語。為甚麼不用「下定決定」呢？因為「決定」常常被用來形容心中確定想法的過程，而當它要用作名詞的時候，通常要說「做決定」，而不與「下」字搭配在一起。

**答案** 他用釘子把木條**釘在**墻壁**上**。

**解釋** 用「釘子」把木條固定在墻壁上的動作，應該用「釘」，「粘」可是要用上漿糊或者膠水的呢！

**答案** 這**兩**雙筷子是媽媽新買的。

**解釋** 「二」可以表示數目，比如「一加一等於二」；或者表示順序的數，例如「第二」。要表示數量，只能用「兩」，例如「兩個」、「兩邊」等等，千萬不能寫成「二個」呀！

**答案** 弟弟說，他一定要**改正**自己做事拖拉的缺點。

**解釋** 「改良」是指去除事物的缺點，讓事物變得更好。我們不能說「改良缺點」，這個缺點應該去掉，而不是讓它變得更好啊！「改正缺點」才是正確的搭配。

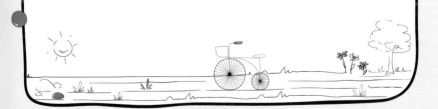

你用對詞語了嗎?

妹妹很愛漂亮,一雙小手總是白白淨淨的。

對他的缺點,你不但不應袒護,而應提出批評。

他們倆個人都想獲得代表學校參加比賽的資格。

多種植樹木可以美麗校園環境。

**答案** 妹妹很愛**乾淨**，一雙小手總是白白淨淨的。

**解說** 句子的第二部分寫了妹妹的手是「白白淨淨」的，所以第一部分應該是用「乾淨」去形容，才能使句子前後的意思相配。

**答案** 對他的缺點，你**不應**袒護，而應提出批評。

**解說** 「不但……」後搭配的關聯詞應該是「而且」。原句後半句與前半句的意思是相反的。實際上，句子想說要對「他」的缺點提出批評，所以應該刪去「不但」，這樣前後兩句話的意思就一致啦！

**答案** 他們**倆**都想獲得代表學校參加比賽的資格。

**解說** 「倆」的意思就是「兩個」，後面不能再加上量詞了。只能說成「他們倆」，或者「他們兩個人」。

**答案** 多種植樹木可以**美化**校園環境。

**解說** 句子想表達「種樹可以讓校園環境變得更美」，而「美麗」只能形容校園環境漂亮這個情況。「變得更美」這個過程，應該用「美化」一詞來表達。

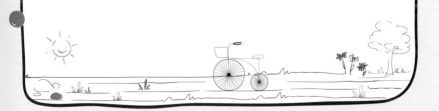

只有休息得好，我們才有充分的精力去做事。

無數粒星星在夜空中閃爍。

老師終於向大家告訴考試成績了。

我要求小華給我看看他的新玩具。

**答案** 只有休息得好，我們才有充沛的精力去做事。

**解說** 「充分」和「充沛」都有足夠的意思，但「充沛」還能表示非常豐富，常常與「精力」、「感情」等詞語搭配在一起。

**答案** 無數顆星星在夜空中閃爍。

**解說** 在普通話裏，與星星搭配的量詞應該是「顆」，在粵語口語中才會出現星星與「粒」字的搭配。

**答案** 老師終於向大家公佈考試成績了。

**解說** 「告訴」是說給被人聽，讓別人知道，而「公佈」是指公開告訴大家。「告訴」後需要加上人物，而不會直接寫某件事物。所以句子應該用「公佈」。

**答案** 我請求小華給我看看他的新玩具。

**解說** 「要求」有命令、指揮別人的意思，「我」想看看小華的玩具，怎麼能命令他呢？用「請求」則客氣多了，小華答應給「我」看玩具的機會當然就更高啦！

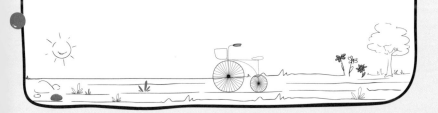

13

全個學校的學生明天都要去秋遊。

我看見不少路人不顧交通燈指示，正在橫過馬路。

今天我們家新屋入伙，媽媽一大早就起牀做準備了。

哥哥堅持每天背15個英語詞彙。

**答案** 學校的**全體**學生明天都要去秋遊。

**釋疑** 「全個學校的學生」這種表達方式只出現在粵語的口語中。普通話的正確表達應該是「學校的全體學生」。

**答案** 我看見不少路人不顧交通燈指示，正在**穿過**馬路。

**釋疑** 「橫過馬路」是粵語口語的説法，在規範的普通話表達裏，應説成「穿過馬路」。

**答案** 今天我們家**遷入新居**，媽媽一大早就沐做準備了。

**釋疑** 「入伙」在粵語中是搬入新房子居住的意思，但在普通話書面語中卻只表示加入某個集體、加入公司成為合夥人等。所以句子要改為「遷入新居」，在更正式的書面語中可以説「喬遷之喜」，在日常用語中可以説「搬家」或者「搬進新房子」。

**答案** 哥哥堅持每天背 15 個英語**單詞**。

**釋疑** 「詞彙」是單詞的總稱，前面不能加數量詞。當英語詞語有具體數量的時候，你只能用「單詞」而不能用「詞彙」。

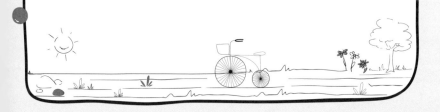

鳥兒最愛好的食物就是小蟲子。

小明非常狡猾，在玩遊戲時總能取得勝利。

他原來是住在這裏的。

**答案** 鳥兒最**喜歡**的食物就是小蟲子。

**釋題** 「愛好」表示對某種事物有濃厚興趣，通常與某種活動搭配在一起。而「喜歡」表示對人或事物有好感、感興趣，常與名詞或名詞性的詞組搭配在一起。句子提到的是「蟲子」，應該用「喜歡」。

**答案** 小明非常**聰明**，在玩遊戲時總能取得勝利。

**釋題** 「狡猾」常用於形容品德不好的人，而句子想表現的是「小明」好的方面，所以應該用「聰明」。

**答案** 他**本來**是住在這裏的。

**釋題** 原句可以表達兩種意思：一是他從前一直住在這裏，現在不住了；二是說話人現在才知道他住在這裏。只要把「原來」改成「本來」，就準確表達了第一種意思，不會引起誤會了。

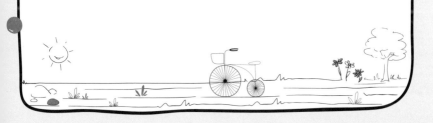

從這個故事告訴我們，要成功就必須付出努力。

在北極，人們厚厚的羽絨服抵禦寒冷。

校運會之後，高高興興地慶祝獲得冠軍。

他不停地用力踩。

**答案** 這個故事告訴我們，要成功就必須付出努力。

**提示** 這個句子濫用了「從……」這個關聯詞，我們沒法知道是誰告訴我們要獲得成功就要努力。這就是句子缺少了主語。我們應該把「從」字刪去。

**答案** 在北極，人們穿上厚厚的羽絨服抵禦寒冷。

**提示** 「人們」和「羽絨服」之間沒有了動詞，就不能說清楚人們對羽絨服做了甚麼，所以句子應該加「穿上」一詞。

**答案** 校運會之後，籃球隊員們高高興興地慶祝獲得冠軍。

**提示** 是誰高興地慶祝獲得冠軍？句子沒有了「誰」。補充上「籃球隊員們」，句子的意思就非常清楚了。

**答案** 他不停地用力踩地上的蟑螂。

**提示** 「他」在踩甚麼？如果不說清楚，我們就無法知道「他」到底在做甚麼事情。加上「踩地上的蟑螂」，我們就明白了。

你說的句子完整嗎？

在老師的勸告下，使我終於放棄了轉校的想法。

從妹妹回到家的那一刻起，就一直在看書。

甚麼事情只要努力去做，就能成功。

姐姐經常圖書館借書。

**答案** 在老師的勸告下，**我**終於放棄了轉校的想法。

**釋題** 有「使」字，會讓人搞不清楚這句話到底是在說「老師」，還是在說「我」。根據句子意思，刪去「使」字，就能表達清楚。

**答案** **妹妹**從回到家的那一刻起，就一直在看書。

**釋題** 這句話是在說「妹妹」做的事情，所以「妹妹」應該放在句子的最前面。

**答案** **不論**甚麼事情，只要**你**努力去做，就能成功。

**釋題** 原本的句子是缺少關聯詞，以及「你」——句中最主要的部分，讀起來便不通順，人們搞不清楚到底是要誰努力做事。加上了「不論」和「你」，就能讓句子變得更合理，也能表達得更清楚。

**答案** 姐姐經常**去**圖書館借書。

**釋題** 「姐姐」和「圖書館」是怎麼聯繫起來的呢？加上「去」字，就可以知道姐姐是怎樣到圖書館的了，這樣才能完整表達句子的意思。

我們都積極參加學校組織的義工。

不斷努力，不斷進步。

看到弟弟頑皮，爺爺忍不住笑了起來。

我突然發現，他已經不聲不響地在那邊。

**答案** 我們都積極參加學校組織的義工 ~~活動~~。

**解題** 義工是一種工作或一個身份，是不能被人「組織」和「參加」的，「義工活動」才可以讓人參加。說清楚是「義工活動」，才能使句子變得完整。

**答案** ~~只有~~ 不斷努力，~~才能~~ 不斷進步。

**解題** 句子的前後兩部分，缺少了關聯詞，加上「只有……才……」就能清晰表達出「不斷進步是靠不斷努力」這個意思了。

**答案** 看到弟弟頑皮 ~~的樣子~~，爺爺忍不住笑了起來。

**解題** 「頑皮」形容孩子愛玩愛鬧的樣子。別人會不明白：弟弟頑皮，為甚麼「爺爺忍不住笑」？這並不合理。寫成「頑皮的樣子」，句子內容就變得完整、合理了。

**答案** 我突然發現，他已經不聲不響地 ~~站~~ 在那邊。

**解題** 「他」在那邊幹甚麼？加上「站」，就能讓人明白了。

船在茫茫的大海中。

這家工廠的產品信得過，他們從來不偷工減料。

爺爺有每天晚飯後出去散步。

在深夜突然聽到這種「咔咔」的聲音，使我嚇了一大跳。

24

**答案** 船在茫茫的大海中**航行**。

**解說** 句子沒有說清楚船在大海中做甚麼。加入「航行」，句子才能完整。

**答案** 這家工廠的產品**質量**信得過，他們從來不偷工減料。

**解說** 產品的甚麼「信得過」？如果不指明，那麼說是產品的設計、顏色等等都可以。參考句子後半部分的內容，顯然應該加上「質量」。只有說清楚這一點，才不會引起別人的誤會。

**答案** 在深夜突然聽到這種「咔咔」的聲音，**我被**嚇了一大跳。

**解說** 是誰突然聽到「咔咔」聲？是「我」。被嚇了一大跳的也是「我」，所以應該刪去「使」字，句子有了主語才完整。

**答案** 爺爺有每天晚飯後出去散步**的習慣**。

**解說** 句子到底在說「有」甚麼呢？「有」後面不能直接加人物的動作，而應該用名詞。所以應說成「散步的習慣」。

25

你說的句子
完整嗎?

她烏黑的頭髮隨風飛舞,向我親切地笑着。

經過老師的細心講解,對我們掌握知識有很大幫助。

在搶劫案發生後不久,警局就接到報案,並火速趕到了現場。

一大早,我和媽媽來到學校,校門外都是等候派位結果的爸爸媽媽和小朋友。

**答案** 她烏黑的頭髮隨風飛舞。**她**向我親切地笑着。

**釋疑** 頭髮可以隨風飛舞，可不能對人笑呀！所以，句子後半部分要說清楚是誰在笑，應該加上「她」。

**答案** **老師的細心講解**，對我們掌握知識有很大幫助。

**釋疑** 是甚麼對我們掌握知識有很大幫助呢？是老師，還是老師的細心講解？很明顯應該是後者。刪去「經過」，句子才重新有了「誰」這個最主要的部分。

**答案** 在搶劫案發生後不久，警局就接到報案，**警員**火速趕到了現場。

**釋疑** 警局是一座建築物，又怎能「火速趕到現場」？接到報案就火速趕到現場的，只能是「警員」呀！

**答案** 一大早，我和媽媽來到學校，**就看到**校門外都是等候派位結果的爸爸媽媽和小朋友。

**釋疑** 句子後半部分的情景應該是「我和媽媽」來到學校後看到的。加上「就看到」，就能完整地連接起整個句子了。

27

你說的句子完整嗎？

我們要積極響應「保護地球」，愛護大自然。

老師說：這次上台表現的機會很難得，你一定不能出錯！

學完這篇課文後給我想了很多很多。

早上，小強來到教室，地上全是紙屑，不禁大叫起來：「是誰這麼沒有公德心！」

28

**答案** 我們要積極響應「保護地球」<u>的號召</u>，愛護大自然。

**解疑** 「保護地球」只是一個口號，「響應」後面應該與「號召」搭配才完整。

**答案** 老師說：這次上台表現<u>你的英語水平</u>的機會很難得，你一定不能出錯！

**解疑** 上台表現的是甚麼呢？加上「你的英語水平」這項具體內容，別人就明白了。

**答案** <u>學完這篇課文</u>，我想了很多很多。

**解疑** 句子中的「給」字，令句子中最主要的部分變得不清楚：句子到底是在說「這篇課文」，還是「我」？刪去「給」字，就能明白：「我」學完課文後想了很多很多。

**答案** 早上，小強來到教室，<u>看見</u>地上全是紙屑，不禁大叫起來：「是誰這麼沒有公德心！」

**解疑** 小強肯定是看到了「地上全是紙屑」，才會大叫起來，句子欠缺了「看見」這個動作，就會變得不完整。

你說的句子完整嗎？

這件事爸爸不知同你說過多少遍了，就是不相信！

糙米的營養高，但是不怎麼好吃。

在媽媽的幫助下重新調整好情緒，我終於在鋼琴比賽中拿到金獎。

這個書包太重了，使我真的背不動。

**答案** 這件事爸爸不知同你説過多少遍了，~~你~~就是不相信！

**解説** 是誰不相信爸爸説的話？是「你」啊！加上「你」字，句子才完整。

**答案** 糙米的營養 **價值** 高，但是不怎麼好吃。

**解説** 我們不能用「高」去形容營養。加上「價值」，句子中的「誰」就很清楚了，那就是「營養價值」。

**答案** **我** 在媽媽的幫助下重新調整好情緒，終於在鋼琴比賽中拿到金獎。

**解説** 「調整好情緒」和「拿到金獎」的都是「我」，所以「我」——這個句子最主要的部分應該放在最前面，否則別人就不知道前半個句子在説誰了。

**答案** 這個書包太重了，**我** 真的背不動。

**解説** 背不動書包的是「我」。刪去「使」，後半個句子才能説清楚是「誰」背不動書包。

你說的句子
　　完整嗎？

中國的四大發明包括指南針、紙等。

要從小保護好自己的眼睛。

妹妹細心地檢查。

**答案** 中國的四大發明包括指南針、紙、**印刷術和火藥**。

**解釋** 一般情況下，在「包括」後面提到中國的四大發明，都應該把它們全部列出，這樣句子的內容才完整。

**答案** **我們**要從小保護好自己的眼睛。

**解釋** 要保護好眼睛的，是小貓、小鳥還是人？句子缺少了「誰」，補上「我們」就完整了。

**答案** 妹妹細心地檢查**作業中的錯誤**。

**解釋** 妹妹細心地檢查甚麼呢？「檢查」後若沒有具體的事物，會令人感到話沒說完，也無法明白到底妹妹在做甚麼事情。加上「作業中的錯誤」，句子的意思就非常清楚了。

# 「火眼金睛」找病句

當一個句子的內容有錯、不通順，甚至缺少了必要的組成部分時，它就像人生病了一樣，變成一個「病句」。如果你在說話、寫文章時用了病句，別人往往就無法明白你到底想說甚麼。

可是，我們怎樣才能發現病句？

只要用對發現病句的方法，我們就可以用自己的「火眼金睛」一下子把它們揪出來！

## 1、給句子做「健康檢查」

一個句子不能缺少：

「誰／甚麼」「在做／是」「甚麼／怎麼樣」

這幾個部分。找找看，句子中這幾部分內容是不是都有了？就像這樣：

不是給他的禮物。 ➭ 不是禮物。

到底甚麼不是禮物呢？這個句子缺少了「誰／甚麼」這個最主要的部分。它應該寫成下面這樣才正確：

<u>這</u>不是給他的禮物。 ➭ <u>這</u>不是禮物。

## 2、按自己的習慣讀句子

　　平時多讀書看報，人對規範的語言的感覺就會越來越強。按你的語言習慣去讀句子，如果感覺到不通順，應該想想：這個句子有錯嗎？就像這樣：

　　不管媽媽用盡力氣，但還是提不起那桶水。

　　前半個句子用了「不管」這個詞，讀起來不符合我們的說話習慣，應該刪去，或者改用「儘管」。

　　<u>儘管</u>媽媽用盡力氣，但還是提不起那桶水。

## 3、看看句子是否合情合理

　　用我們都明白的常識和道理去檢查句子，常常可以發現錯漏呢！就像這樣：

　　春天來了，我要到郊外去看五彩繽紛的小紅花。

　　既然是「五彩繽紛」，後面又怎會說花兒只有一種顏色——「紅」色呢？這種說法明顯不符合情理。應該寫成：

　　春天來了，我要到郊外去看五彩繽紛的<u>花兒</u>。

　　你也來用這幾個方法試一試，看看身邊有沒有「生病了」的句子吧！

## 玩玩試試

你能與小宇一起，用下面這些放亂了的詞語，組成兩個正確的句子嗎？

| | | | |
|---|---|---|---|
| 古代 | 很多 | 妹妹 | 故宮 |
| 老師 | 問題 | 等等 | 我 |
| 有 | 個 | 建築 | 見過 |
| 長城 | 請教 | 想 | 比如 |
| 向 | 皇后碼頭 | 給 | 難題 |

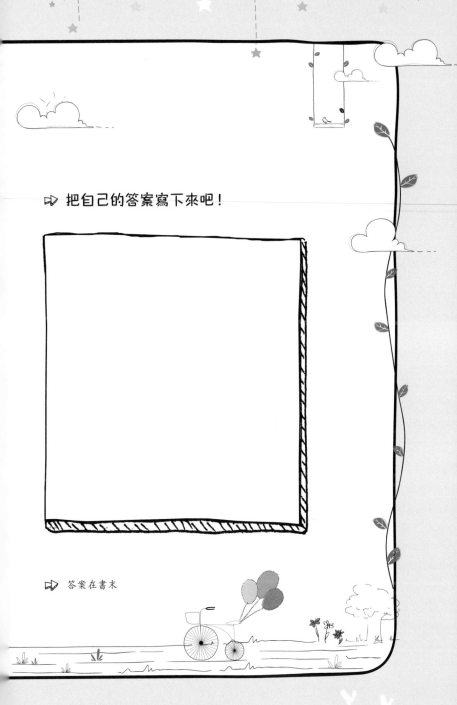

把自己的答案寫下來吧！

答案在書末

說話簡潔不囉嗦

平常，我們大家總是在一起一塊兒玩耍。

我們上課要認真聽課，我們下課以後要按時完成作業。

在小組會議上，大家全部都發言表達自己的意見。

他是個體重大約 180 斤左右的小胖子。

**答案** 平常，我們大家總是~~在一起~~玩耍。

**解題** 「在一起」和「一塊兒」意思都一樣，重複用顯得很囉嗦，所以應該把其中的一個詞刪去。

**答案** 我們上課要認真聽課，~~下課~~以後要按時完成作業。

**解題** 原句中用了兩個「我們」，讀起來感覺很囉嗦，應該去掉第二個「我們」。

**答案** 在小組會議上，大家~~都~~發言表達自己的意見。

**解題** 「全部」和「都」表達的意思一樣，刪去其中一個就可以了。

**答案** 他是個體重~~大約~~180斤的小胖子。

**解題** 「大約」和「左右」都表示與數字相近的意思，只要其中一個就夠了。

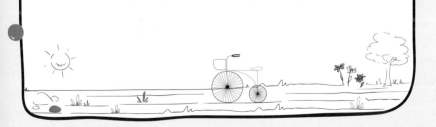

## 說話簡潔不囉嗦

冬冬非常很喜歡和爸爸到花園裏散步。

媽媽教我不要驕傲，成績提高了仍然還要繼續努力。

我們每天都要帶學習用品去上學，例如筆、橡皮擦等文具。

得知自己的作文獲獎，美玲趕緊急急忙忙地跑回家告訴媽媽。

**答案** 冬冬~~很喜歡~~和爸爸到花園裏散步。

**解說** 「非常」和「很」表達的意思都一樣,所以需要刪掉其中一個詞。

**答案** 媽媽教我不要驕傲,成績提高了~~仍然要~~繼續努力。

**解說** 「仍然」和「還」在這裏都表示「仍舊」,但因為「還」字還能表示更進一層、補充説明等更多意思,所以應刪去,以免句子引起誤會。

**答案** 我們每天都要帶學習用品去上學,例如筆、橡皮擦~~等~~。

**解說** 文具是學習用品的一種,因為句子前半部分已經説了學習用品,後面再説「等文具」就顯得囉嗦了,應該刪去。

**答案** 得知自己的作文獲獎,美玲~~趕緊~~跑回家告訴媽媽。

**解說** 「趕緊」已經有「急忙」的動作,刪除「急急忙忙」,可以讓句子變得更簡潔。

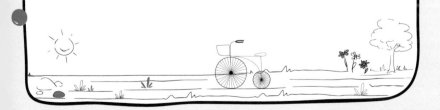

說話簡潔不囉嗦

哥哥寫的文章，都發表刊登在這份報紙上。

今天晚上，我要完成一篇語文作文，要完成一篇英語作文。

妹妹按照課程表，帶着語文課本、數學課本、英語課本等課本上學去。

爺爺常常回想起過去在家鄉時的往事。

**答案** 哥哥寫的文章，都**刊登**在這份報紙上。

**解析** 「發表」和「刊登」都有在刊物上登出自己的作品的意思。而因為句子後面具體提到了報紙，所以留下「刊登」更適合。

**答案** 今天晚上，我要完成一篇語文作文**和**一篇英語作文。

**解析** 句子中出現了兩個「要完成」，卻又不屬於排比的方法，顯得很囉嗦。將兩篇作文用一個「和」字連起來，就把問題都解決了！

**答案** 妹妹按照課程表，帶着**語文、數學、英語**等課本上學去。

**解析** 既然各個科目妹妹帶的都是課本，那我們只要說「課本」這個詞一次就可以了，句子會顯得很簡潔。

**答案** 爺爺常常**回想起在家鄉時**的往事。

**解析** 「往事」已經表達出「過去發生的事情」的意思，所以前面的「過去」應該刪去，以免句子重複囉嗦。

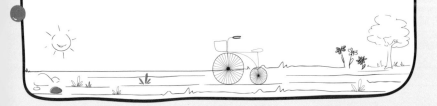

我們不禁忍不住為哥哥在賽場上出色的表現而喝彩！

我一定要集中精神專心地聽老師講課。

經過這件事，妹妹下定決心要改正自己不好的壞習慣。

關於暑假旅行，你有其他別的提議嗎？

44

**答案** 我們~~不禁為~~哥哥在賽場上出色的表現而喝彩！

**解析** 「不禁」表示忍不住，後面又何必再多一個「忍不住」呢？所以應該刪去其中一個詞。

**答案** 我一定要~~集中精神~~聽老師講課。

**解析** 「專心」和「集中精神」意思相同，只需要保留一個。

**答案** 經過這件事，妹妹下定決心要改正~~自己的壞習慣~~。

**解析** 「壞習慣」與「不好的習慣」，意思是一樣的，所以應該刪除「不好的」。

**答案** 關於暑假旅行，你~~有別的~~提議嗎？

**解析** 「其他別的」顯得很囉嗦，既然兩個詞的意思相近，那麼保留其中一個就可以了。

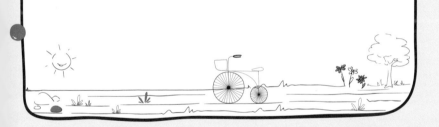

45

說話簡潔不囉嗦

她因為看不起對手而失去冠軍寶座，難過得流下傷心的眼淚。

我們班有三十多位同學們。

老師一提出問題，他就第一個首先舉手要回答了。

春天來了，山上到處開滿了美麗的鮮花。

**答案** 她因為看不起對手而失去冠軍寶座，難過得<u>流下了眼淚</u>。

**解說** 既然已經提到了「她」難過，句子後面就不必再說「她」「傷心」了。應刪去「傷心」。

**答案** 我們班有三十多位<u>同學</u>。

**解說** 當句子前面說清楚同學的具體人數時，後面就不應再加「們」字。

**答案** 老師一提出問題，他就<u>第一個舉手</u>要回答了。

**解說** 「首先」和「第一個」都有第一的意思，兩者一起用就會顯得句子很囉嗦，只保留其中一個詞就行了。

**答案** 春天來了，山上<u>開滿了</u>美麗的鮮花。

**解說** 「到處」指的是每處，這就和句子後面的「開滿」一詞有重複，應該刪去。

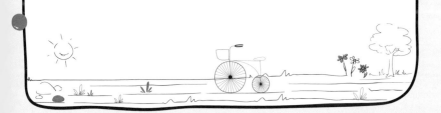

## 說話簡潔不囉嗦

我們要遵守交通規則，防止不要發生交通事故。

童話故事《海的女兒》的作者是安徒生寫的。

這位小妹妹親眼目睹了案件的經過。

我們熱烈歡迎各位客人來到光臨本店！

**答案** 我們要遵守交通規則，~~防止發生~~交通事故。

**解說** 「防止」是指預先想辦法不讓事情發生，而「不要」則表示勸說、阻止或禁止。兩個詞都有不讓交通事故發生的意思，但一起用卻會令句子意思相反。刪去「不要」會讓句子的意思表達更清楚，更簡潔。

**答案** 童話故事《海的女兒》的作者是~~安徒生~~。

**解說** 「作者」已經代表寫書的人，所以在「安徒生」後面就不應再加「寫的」二字。

**答案** 這位小妹妹~~目睹~~了案件的經過。

**解說** 「目睹」就已經說明是親眼看到了，所以前面不需要再加上「親眼」這個詞。

**答案** 我們熱烈歡迎各位客人~~光臨~~本店！

**解說** 「光臨」的意思是指其他人來訪，「來到」的意思與它重複了，應該刪去。一般情況下，商舖招呼客人，都用「光臨」一詞，例如「歡迎光臨」。

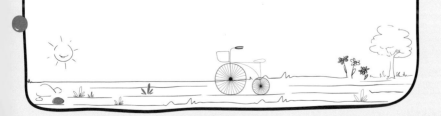

說話簡潔不囉嗦

全班同學一致公認他是最適合參加辯論賽的人選。

媽媽這樣做的目的是為了讓我明白「努力才會有收穫」的道理。

這個工廠生產出一批不合格的劣質產品,竟然還將它們賣到各大商場中!

妹妹不願意一個人睡覺的原因,是因為害怕房間中藏着怪獸。

**答案** 全班同學一致**認為**他是最適合參加辯論賽的人選。

**釋疑** 「公」字有「大家」的意思,「公認」表示大家都認為、大家都同意。句子中「一致」與「公認」的意思有重複,保留其中一個就可以了。

**答案** 媽媽**這樣做是為了**讓我明白「努力才會有收穫」的道理。

**釋疑** 「目的」與「是為了」是同一個意思,只需要保留其中一個詞,句子就能清楚表達意思了。

**答案** 這個工廠生產出一批**劣質產品**,竟然還將它們賣到各大商場中!

**釋疑** 劣質產品當然是不合格、不能通過檢測的,所以不必在「劣質」前再加「不合格」去特別說明。加了反而會顯得句子囉嗦,應刪去「不合格」。

**答案** 妹妹不願意**一個人睡覺**,是因為害怕房間中藏着怪獸。

**釋疑** 刪去「的原因」,就不會同後半句的「是因為」重複了,句子也變得更通順。

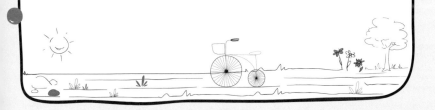

說話簡潔不囉嗦

我們考試時要細心，避免不要寫錯字。

電視台現在正在播放的節目是卡通片的節目。

每年到了梅花開放的時候，漫山遍野都是梅花淡淡的幽香。

**答案** 我們考試時要細心，~~不要~~寫錯字。

**解說** 「避免」和「不要」都表示否定，兩個詞一起用，不但顯得重複，更會令句子意思變得相反，所以應該刪去其中一個詞。

**答案** 電視台現在正在播放的節目是~~卡通片~~。

**解說** 一個短短的句子中，有兩個「節目」，讀起來又囉嗦又不通順，刪去後面「的節目」三個字，就顯得簡潔多了！

**答案** 每年到了梅花開放的時候，漫山遍野都是~~淡淡的幽香~~。

**解說** 一個句子中出現了兩個「梅花」，顯得囉嗦。刪去後半句的「梅花」，既簡潔，也能表達得很清楚。

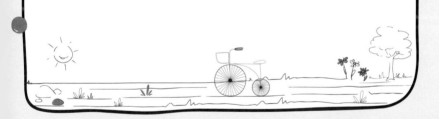

它們不能一起用！

看到小朋友們的表演和歌聲，老人們感到非常開心。

小明穿好衣服和鞋子，高高興興上學去。

五月的香港，正是氣候宜人、繁花似錦的季節。

姐姐精彩的表演，贏得了大家熱情的掌聲。

**答案** 看到小朋友們的**表演**，老人們感到非常開心。

**解说** 「歌聲」不能和「表演」搭配，而且「表演」中也包含了唱歌，所以應該把「歌聲」刪去。

**解说** 「衣服」和「鞋子」都能和「穿」這個動作搭配，這句話是正確的。

**答案** **香港的五月**，正是氣候宜人、繁花似錦的季節。

**解说** 「香港」是一個地方，而不是一個「季節」。這兩個詞在意思上不能搭配在一起。改用「五月」作為句子的主語，同「是」字後的「季節」搭配在一起，這才是正確的。

**答案** 姐姐精彩的表演，贏得了大家**熱烈**的掌聲。

**解说** 「熱情」應該用來形容對別人的態度，而不能用來形容掌聲。「掌聲」一般與「熱烈」搭配。

它們不能一起用！

老師今天表揚了小明助人為樂。

東東因為欺負小弟弟，被媽媽把他批評了。

爸爸說我有空時可以玩一下電子遊戲，但一定不能耽誤學業的時間。

媽媽說我的作文水平有了很大的改進。

**答案** 老師今天表揚了小明助人為樂~~的行為~~。

**釋疑** 「表揚」與「助人為樂」不能直接搭配，應該是表揚某一個人的行為。

**答案** 東東因為欺負小弟弟，~~被媽媽~~批評了。

**釋疑** 「被」和「把」的動作如果放在同一個人身上，就會讓別人搞不清楚這個人到底是不是主動去做這些動作的。所以「被」字句和「把」字句不能同時使用呀！

**答案** 爸爸說我有空時可以玩一下電子遊戲，但一定不能耽誤~~學習~~的時間。

**釋疑** 「學業」是指學習的功課和作業，是一個統稱，一般不能直接與「時間」配搭在一起，所以應該改為「學習」。

**答案** 媽媽說我的作文水平有了很大的~~提高~~。

**釋疑** 「改進」和「提高」都可以表示令原本的情況變好，但在語言習慣上，與「水平」這個詞搭配在一起的是「提高」，不能用「改進」。

它們不能一起用！

爸爸發現我做功課做得很馬虎，把我被狠狠地批評了一頓。

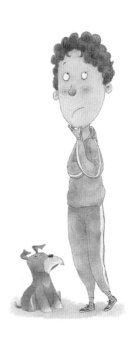

這個人的動作引起了我的奇怪。

爸爸是個很好的人，不但疼愛爺爺奶奶，還很孝順我和妹妹。

我遠遠就看見有人的哭聲。

**答案** 爸爸發現我做功課做得很馬虎，**把我**狠狠地批評了一頓。

**解難** 這句話中同時用到把字句和被字句，很混亂，應該刪去「被」。

**答案** 這個人的動作引起了我的**好奇心**。

**解難** 「奇怪」常常用來形容事物給人的感覺，也可以形容人的心情，但卻不能被「引起」。所以這裏要改為「好奇心」。

**答案** 爸爸是個很好的人，不但**孝順**爺爺奶奶，還很**疼愛**我和妹妹。

**解難** 我們孝順的人應該是長輩，疼愛的人應該是比自己小的人，所以句子中「孝順」和「疼愛」兩個詞的位置應該互換。

**答案** 我遠遠就**聽見**有人的哭聲。

**解難** 聲音怎麼能看見呢？所以，只能是「聽見」人的哭聲。

它們不能一起用！

透過窗戶，她看見青翠的樹木和鳥兒美妙的歌聲。

為了按時趕到目的地，士兵們冒着大雨和泥水前進。

在海邊，我們沐浴着溫暖的陽光，度過了一段美好的時光。

媽媽做的飯菜十分香甜，我們全家都愛吃。

**答案** 透過窗戶，她看見青翠的樹木，**聽見**鳥兒美妙的歌聲。

**解疑** 歌聲是不能被看見的，所以要加上「聽見」這個詞。

**答案** 為了按時趕到目的地，士兵們**冒着大雨前進**。

**解疑** 「冒着」通常與「大雨」、「風險」等詞語搭配，卻不能與「泥水」搭配在一起。

**解疑** 「沐浴在陽光下」是不是能給你一種溫暖的感覺？陽光就像溫暖的水讓你沉浸在其中。這種搭配我們常常在文字優美的散文中看見，你也可以學以致用呢！

**答案** 媽媽做的飯菜十分**美味**，我們全家都愛吃。

**解疑** 「香甜」常常被用於描寫某一道菜、某一樣食物的味道，但「飯菜」是食物的其中一種統稱，就不能與「香甜」搭配在一起了，常用的搭配是「美味的飯菜」。

它們不能一起用！

弟弟的頭腦十分靈巧，總能想到辦法克服各種困難。

小華今天沒來上課，我們猜他肯定是生病了。

這個方法既方便又好用，很受同學們所歡迎。

笑聲、歡呼聲匯聚在一起，變成一支美妙的歌聲，飄向遠方。

**答案** 弟弟的頭腦十分**靈活**，總能想到辦法克服各種困難。

**解說** 「靈巧」常常與「手」、「心思」等詞語搭配在一起，而「靈活」則與頭腦、動作等搭配，所以應改用「靈活」。

**答案** 小華今天沒來上課，我們猜他**可能**是生病了。

**解說** 既然只是「猜」，就表示沒辦法確定小華為甚麼沒來上課。「猜」與「肯定」是矛盾的。應把「肯定」改為「可能」。

**答案** 這個方法既方便又好用，很受同學們**歡迎**。

**解說** 「受……歡迎」已經表明了這個方法和同學們之間的關係，加上一個「所」字反而令句子變得複雜，所以應該刪去。

**答案** 笑聲、歡呼聲匯聚在一起，變成**一首美妙的歌**，飄向遠方。

**解說** 歌聲是沒法數清楚的，所以在「歌聲」前面不能用數量詞。改為「一首美妙的歌」更合適。

它們不能一起用！

妹妹一直細心觀察着姐姐說的每一句話。

這幾天溫度比較暖，外面的雪都開始融化了。

你有沒有認真準備，是這次參賽取得勝利的關鍵。

媽媽生病的原因是平時太勞累所造成的。

**答案** 妹妹一直細心聆聽着姐姐說的每一句話。

**釋題** 說出來的話是看不見的，無法被「觀察」，只能是被「聆聽」。

**答案** 這幾天溫度<u>升高</u>，外面的雪都開始融化了。

**釋題** 「溫度」不能直接與「暖、冷」等表示感覺的詞語搭配在一起。當你要描述溫度的變化，應該用「升高」或者「降低」。

**答案** 媽媽生病的原因是平時<u>太勞累了</u>。

**釋題** 「所造成的」這個詞組前的內容，是導致某個結果的原因。句子中前面已經有了「原因」這個詞，後面就應該把「所造成的」刪去。

**答案** 你有沒有認真準備，<u>決定了</u>這次參賽<u>能不能</u>取得勝利。

**釋題** 句子前半部分是「有沒有」，後面如果只說「是……的關鍵」，就無法對得上了。所以後半個句子應該對應地改為「決定了……能不能……」。

它們不能一起用！

我和妹妹一起把房間打掃得乾乾淨淨、整整齊齊。

我和媽媽在看電視和做晚飯。

在惡劣天氣下，天文台把警戒信號達到最高級別。

要做好這件事可真不容易，必須要認真準備一番不可。

**答案** 我在看電視，媽媽在做晚飯。

**解說** 光是看，怎能變出一頓晚飯呢？「我」和「媽媽」在做的事情不一樣，應該分開兩部分說。

**答案** 我和妹妹一起把房間打掃得乾乾淨淨。

**解說** 房間的整齊不是「打掃」出來的。房間打掃完，只能形容為「乾乾淨淨」。所以句子應該刪去「整整齊齊」。

**答案** 在惡劣天氣下，天文台發出的警戒信號達到最高級別。

**解說** 這個句子裏，「達到最高級別」是對「警戒信號」的說明。「天文台」與「警戒信號」之間，缺少了一個動詞。「把」不是一個動詞，所以要換上「發出」。「把」字後面不能直接說某事物怎麼樣。

**答案** 要做好這件事可真不容易，必須要認真準備一番。

**解說** 要表明事情的重要性，可以用「必須」、「非……不可」，這些是固定的搭配。句子前面的「必須」已經把「認真準備一番」的重要性說清楚了，後面就不能再用「不可」。

它們不能一起用！

課堂上，小明總是非常踴躍地回答老師提出的問題。

情況緊急，他馬上飛奔地跑回學校希望得到支援。

今天早上，港鐵的電力系統受到故障，令市民出行大受影響。

**答案** 課堂上，小明總是非常**積極**地回答老師提出的問題。

**解釋** 「踴躍」一般用於大會上的發言，而不是課堂上回答問題。改用「積極」比較合適。

**答案** 情況緊急，他馬上**飛快地**跑回學校希望得到支援。

**解釋** 「飛奔」本身就有「飛快地跑」的意思，「飛奔」與「跑」不能同時用來描述一個人的動作。應改為「飛快地跑回」。

**答案** 今天早上，港鐵的電力系統**發生**故障，令市民出行大受影響。

**解釋** 各種設備的「故障」應該與「發生」、「出現」等動詞搭配，而不能說「受到」。

按順序，慢慢說

我和妹妹高興得歡呼起來，聽到爸爸説要帶我們去放風箏。

我們要及時改正和發現錯誤。

老師親切地走到我身邊，鼓勵我努力戰勝困難。

找到正確的地點之後，媽媽坐下來安靜地等待講座開始。

**答案** 聽到爸爸說要帶我們去放風箏，我和妹妹高興得歡呼起來。

**辨析** 應該是先聽到高興的事情，然後再歡呼。

**答案** 我們要及時發現和改正錯誤。

**辨析** 應該先發現錯誤，然後改正。說話、寫文章時，我們一定要記住：要按事情發生的先後、事物的遠近、事情的重要程度等順序去安排句子內容。這樣別人才會明白我們要表達的意思。

**答案** 老師走到我身邊，親切地鼓勵我努力戰勝困難。

**辨析** 「親切地」不能形容走，應該放在「鼓勵」的前面。

**辨析** 找到地點，然後坐下來等待講座開始，這是符合人們行動習慣的正確的順序。

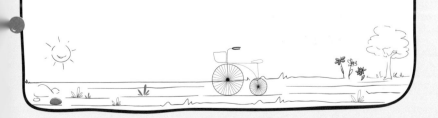

按順序，慢慢説

媽媽回到家就開始做飯，她在街市買了肉和菜。

姐姐告訴我，她的學習成績好，是因為養成了在課後好好溫習，上課前認真預習的習慣。

這個故事對我印象很深刻。

哥哥説：「我從來把困難不放在眼裏，我相信自己一定可以戰勝它們！」

**答案** 媽媽~~在街市買了肉和菜~~，回到家就開始做飯。

**解說** 如果不先在街市買好肉和菜，回家又怎能有材料做飯呢？所以句子前後兩部分應該互換。

**答案** 姐姐告訴我，她的學習成績好，是因為養成了在~~上課前認真預習，課後好好溫習~~的習慣。

**解說** 學習過程中，一般都按照先學習後溫習的順序，所以句子也應該按照「課前預習」—「課後溫習」的順序去寫。

**答案** ~~我對這個故事~~印象很深刻。

**解說** 「故事」可不是人，它不可以對一件事情有深刻的印象。所以應該把「我」放到最前面。

**答案** 哥哥說：「我~~從來不把~~困難放在眼裏，我相信自己一定可以戰勝它們！」

**解說** 「從來不把……」是一個比較固定的語言順序。「不」否定的是「把困難放在眼裏」這件事情，所以應該放在「把」字前面。記住：在把字句裏，否定詞不能放在「把」字的後面。

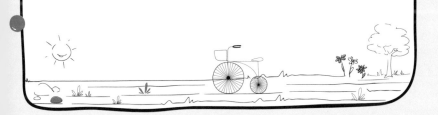

弟弟的空餘時間被
大部份上網玩遊戲
佔去了。

電影裏的父子之情
被我深深地感動
了。

舅舅要我幫他
看舖半天。

在大約我七歲那
年，爸爸媽媽把我
接到美國。

**答案** 弟弟的<u>大部份空餘時間</u>被上網玩遊戲佔去了。

**解述** 句子中的「大部份」是用來形容空餘時間，還是用來形容上網玩遊戲的呢？很明顯是形容時間。所以這個詞應該放在「空餘時間」的前面。

**答案** <u>我被</u>電影裏的父子之情深深地感動了。

**解述** 被感動的，只能是人而不能是事物。所以，應該是「我」被感動，而不是「電影裏的父子之情」。

**答案** 舅舅要我幫他<u>看半天舖子</u>。

**解述** 把時間放在要做的事情後面，是粵語的語言習慣。用普通話說話時，應該把時間放在前面，要改為「看半天舖子」。

**答案** 在<u>我大約</u>七歲那年，爸爸媽媽把我接到美國。

**解述** 「大約」通常表示與某個數字接近的意思，所以應該放在數字前面。

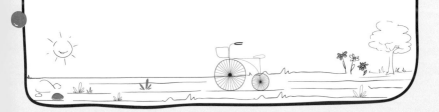

按順序，慢慢說

這些平民在戰爭中被不幸殺害。

我比你的成績差多了。

電視台頻繁地在每節劇集之間播放這個廣告，引起觀眾的不滿。

姐姐說她溫完習再來吃飯。

**答案** 這些平民在戰爭中~~不幸被~~殺害。

**解說** 在「被」字後面，通常都是人，或者某個動作。不能直接在「被」字後加形容詞。應該把「不幸」放在「被」字前面。

**答案** ~~我的成績比你的~~差多了。

**解說** 「我的成績」才是這句話中的「誰」——句子主要描述的東西。「我」和「成績」是不能直接相比的。所以應該把「我的成績」放在句子的開頭。

**答案** 電視台在每節劇集之間~~頻繁地~~播放這個廣告，引起觀眾的不滿。

**解說** 「頻繁地」是用於形容「播放廣告」這件事的，所以不應放在「在每節劇集」前面，而應該盡量貼近「播放廣告」。

**答案** 姐姐說她~~溫習完功課~~再來吃飯。

**解說** 「溫完習」是粵語說話時的順序，不能用在正規的書面語言中。正確的說法應該是「溫習完功課」，不能把「溫習」這個詞從中拆開兩半。

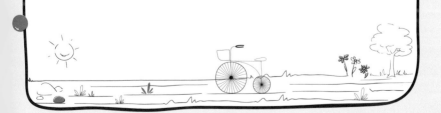

按順序，慢慢說

爸爸將來希望哥哥能成為一名飛行員。

不但他遲到了，而且遲到了很長時間。

爸爸趕緊叫來救護車，爺爺突然在家裏暈倒了。

整個樹林就像一片綠色的海洋，樹上翠綠的葉子都在隨風舞動。

**答案** 爸爸~~希望~~哥哥將來能成為一名飛行員。

**釋疑** 爸爸對哥哥的希望是現在就有的，而不是「將來」才出現。所以「將來」應該調到「哥哥」後面。

**答案** 他~~不但~~遲到了，而且遲到了很長時間。

**釋疑** 「遲到」、「遲到了很長時間」，都是對「他」的描述。「他」是這個句子最主要的部分。把「他」放在「不但」前，才能說清楚是「誰」遲到了。

**答案** ~~樹上翠綠的葉子都在隨風舞動，~~整個樹林就像一片綠色的海洋。

**釋疑** 因為樹上翠綠的葉子全都在隨風舞動，所以整個樹林看上去才會像綠色的海洋。句子應該先說原因（一棵樹的動態），然後再說結果（樹林整體的動態效果）。這才是說話的正確順序。

**答案** ~~爺爺突然在家裏暈倒了，~~爸爸趕緊叫來救護車。

**釋疑** 我們說話時應該按照事情發生的先後順序去說，別人才容易明白。爺爺暈倒這件事情發生了，爸爸才要打電話叫救護車。所以句子的前後兩部分應該互換位置。

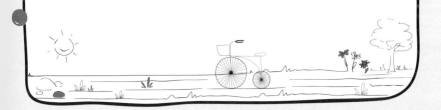

按順序，慢慢說

老師教會我們一個學習好數學的方法。

我連忙跑過去幫忙，聽見媽媽在大門外叫我。

博物館正在展出一千五百多年前新出土的珍貴文物。

十分鐘後便有人陸續到達了會場。

**答案** 聽見媽媽在大門外叫我，我連忙跑過去幫忙。

**解說** 按照事情發生的先後順序，應該是「我」先聽到媽媽在叫「我」，然後才「跑過去幫忙」。所以句子的前後兩部分應該互換位置。

**答案** 老師教會我們一個學習數學的好方法。

**解說** 「學習好數學的方法」，與「學習數學的好方法」表達的重點不一樣。前一個方法是一定可以學好數學的，後一個是學習的其中一個好方法。我們都知道，世上沒有甚麼方法是能保證你肯定能學好數學的啊，所以，改為「學習數學的好方法」更合理。

**答案** 博物館正在展出新出土的一千五百多年前的珍貴文物。

**解說** 如果按照原來句子的順序，那麼這些文物就變成是一千五百多年前出土的了，明顯不合情理。所以應該把「新出土的」放在「一千五百多年」前面。

**答案** 十分鐘後便陸續有人到達了會場。

**解說** 原來的句子令人誤會為一個人也能一個接一個的來到。這就不合情理了。應該是「陸續有人」才正確。在平時的說話中，應該注意，當要表示不斷有人做某件事情的時候，一定要按正確的順序去說呀！

按順序，慢慢説

我們順利地按照地圖找到了這座著名的寺廟。

愛因斯坦這個名字對於小學生來説是很熟悉的。

不僅爸爸愛下圍棋，還非常熟悉圍棋的發展歷史。

幾年過去了，爺爺的容顏雖然沒有大變化，但身體卻越來越差。

**答案** 我們按照地圖，**順利地**找到了這座著名的寺廟。

**解題** 「順利地」是形容找到寺廟的過程，而「按照地圖」是順利找到寺廟的原因，所以「順利地」不能放在「按照地圖」前，而應該放在「找到」前面。

**答案** **對於愛因斯坦這個名字，**小學生是很熟悉的。

**解題** 這個句子主要想表達小學生很熟悉愛因斯坦這個名字。原句的「對於」放在句子中間，這個句子的主語就變成了「愛因斯坦這個名字」，明顯是錯誤的。所以「對於」應該放在句子的最前頭。

**答案** **爸爸不僅**愛下圍棋，還非常熟悉圍棋的發展歷史。

**解題** 「不僅」應該放在「爸爸」後面。因為「爸爸」才是這個句子中的「誰」，它不帶頭，我們又怎能知道是誰愛下圍棋，是誰熟悉圍棋的發展歷史呢？

**答案** 幾年過去了，**雖然**爺爺的容顏沒有大變化，但**他的**身體卻越來越差。

**解題** 在這個句子裏，做對比的是爺爺的容顏和身體，「雖然」這個關聯詞要放在「爺爺的容顏」前面。

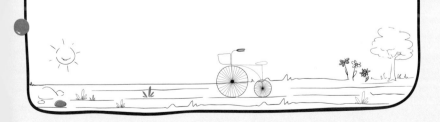

按順序，慢慢說

一些工作人員、電影公司的老闆、主要演員都參加了這個電影首映禮。

這位快遞員每天要到上百家不同的公司、商舖、餐館等地方派送包裹。

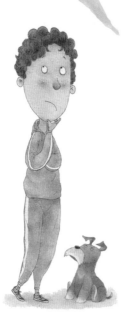

在暴風雪到來的時候，能在家中一邊喝着熱茶一邊看書，格外令人感到幸福。

**答案** 電影公司的老闆、主要演員和一些工作人員都參加了這個電影首映禮。

**釋疑** 當要介紹很多人的時候，我們通常都要按照人物的重要程度（不可替代）來做先後順序介紹。在電影首映禮上，應該將電影公司的老闆放在最前面，然後是主要演員，最後才是其他工作人員。

**答案** 這位快遞員每天要到不同的公司、商舖、餐館等上百個地方派送包裹。

**釋疑** 如果「上百家」是放在「公司」前，那麼句子的意思就變成是「上百家」公司而不包括其他商舖餐館這些不同的地點了，不符合原句意思。所以要把「上百個」放在「地方」前。

**答案** 在暴風雪到來的時候，能在家中一邊喝着熱茶一邊看書，令人感到格外幸福。

**釋疑** 「格外」用於形容「幸福」的程度，所以應該放在最靠近「幸福」的地方。

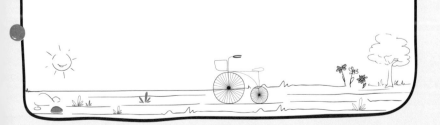

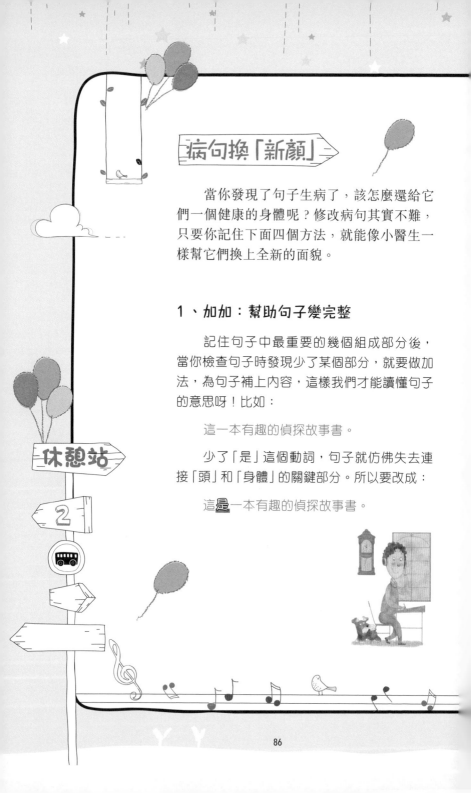

# 病句換「新顏」

當你發現了句子生病了，該怎麼還給它們一個健康的身體呢？修改病句其實不難，只要你記住下面四個方法，就能像小醫生一樣幫它們換上全新的面貌。

## 1、加加：幫助句子變完整

記住句子中最重要的幾個組成部分後，當你檢查句子時發現少了某個部分，就要做加法，為句子補上內容，這樣我們才能讀懂句子的意思呀！比如：

這一本有趣的偵探故事書。

少了「是」這個動詞，句子就仿佛失去連接「頭」和「身體」的關鍵部分。所以要改成：

這**是**一本有趣的偵探故事書。

## 2、減減：幫助句子變簡潔

有時句子因為有多餘的內容，或者兩個不相稱的內容搭配在一起，變得像個小胖子。你要為它做減法，令句子變得簡潔，有副「好身材」！比如：

我要把作文中不正確的錯別字都修正過來。

錯別字本身就是不正確的，前面就不需要特別說它是「不正確」的啦！所以要改為：

我要把**作文中的錯別字**都修正過來。

## 3、換換：幫助句子變合理

句子中出現用錯的詞語，就會使句子變得不合理。只要換上正確的詞語，句子就可以重新變得有活力了！比如：

我望向東方，太陽已經緩緩地落下。

自然常識告訴我們，傍晚太陽下山是在西方，而不是東方。所以，把句子中的「東方」換掉，內容才是合理的，改為：

我望向**西方**，太陽已經緩緩地落下。

### 4、調調：幫助句子變通順

句子中每個部分的內容，如果不按順序到處亂跑，可會令人產生誤會呀！這時，你要幫它們重新排隊，調換位置，句子才會變通順。比如：

我媽媽長得很像我。

「我」是媽媽的女兒，自然應該是「我」長得像媽媽。「我」和「媽媽」的位置亂了，句子就錯了。應該改為：

我長得很**像媽媽**。

除了上面四個方法，在修改病句的過程中，你還要記住：

盡量不要改變原句想表達的意思。句子哪裏有問題，就改哪裏，改動的地方越少越好。

用上了這些妙計，你也能輕鬆為病句們「治病」了！

歡迎你繼續闖關，一試身手！

休憩站

2

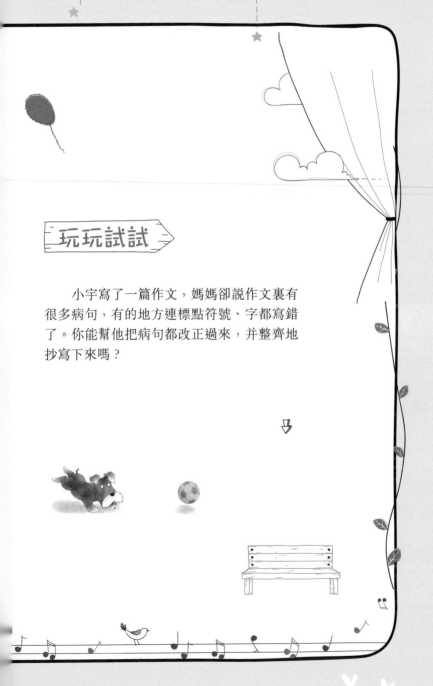

## 玩玩試試

　　小宇寫了一篇作文，媽媽卻說作文裏有很多病句，有的地方連標點符號、字都寫錯了。你能幫他把病句都改正過來，并整齊地抄寫下來嗎？

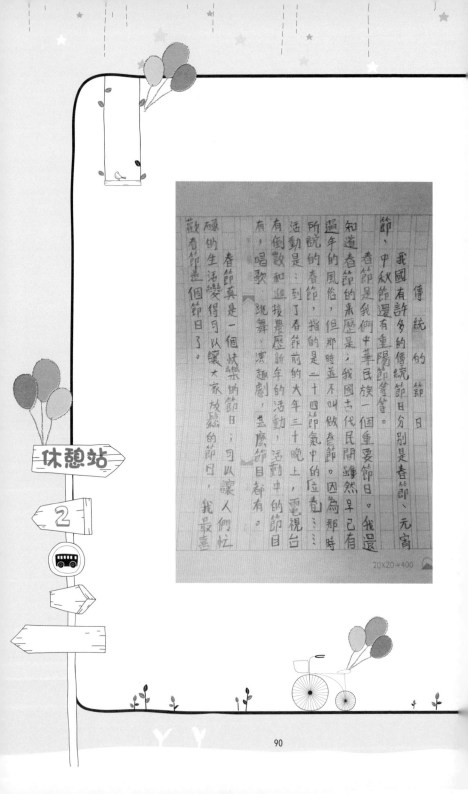

傳統的節日

我國有許多的傳統節日分別是春節、元宵節、中秋節還有重陽節等等。

春節是我們中華民族一個重要節日。我還知道春節的來歷是：我國古代民間雖然早己有過年的風俗，但那時並不叫做春節。因為那時所說的春節，指的是二十四節氣中的立春……

活動是：到了春節前的大年三十晚上，電視台有倒數和迎接農新年的活動，活動中的節目有，唱歌、跳舞、演趣劇，去麼節目都有。

春節真是一個快樂的節日，可以讓人們忙碌的生活變得可以讓大家放鬆的節日，我最喜歡春節這個節日了。

20X20＝400

➪ 請你改正後整齊地寫下來吧！

➪ 答案在書末

想清楚，說準確

看着西藏、新疆、四川的美景，誰能不説中國的自然風光比不上國外的呢？

早上，雨停了，我看到東方的天空中出現了一道美麗的彩虹。

媽媽帶我參觀過不少漂亮的中國古代建築，比如北京故宮、湖北黃鶴樓和廣州中山紀念堂等。

我把媽媽的化妝品和姐姐的裙子裝扮自己。

**答案** 看着西藏、新疆、四川的美景，**誰能說**中國的自然風光比不上國外的呢？

**解述** 「誰能不說⋯⋯比不上」的意思，實際上是認為中國的自然風光的確比不上國外的。但句子想表達的意思卻恰恰相反。所以應該刪去一個「不」字，改為「誰能說」。

**答案** 早上，雨停了，我看到**西方**的天空中出現了一道美麗的彩虹。

**解述** 彩虹通常出現在太陽的對面。早上的太陽在東方升起，所以彩虹不會出現在東方，而應該出現在另一邊，即「西方」。

**答案** 媽媽帶我參觀過不少漂亮的中國古代建築，比如北京故宮、**湖北黃鶴樓等**。

**解述** 中山紀念堂是紀念孫中山的一處建築。孫中山是近代的人，所以中山紀念堂並不屬於古代建築，應該刪去。

**答案** 我**用**媽媽的化妝品和姐姐的裙子裝扮自己。

**解述** 這個句子最主要表達的是「我裝扮自己」。「化妝品」和「裙子」是裝扮自己的東西，在「我」與這些東西之間，要加入「用」這個動詞，才能把事情說清楚。用「把」字是沒辦法說清楚「我」怎樣處置它們的。

下雨的夜裏，我望着天空中閃爍的星星，想念着遠方的親人。

我已經有好幾次看到他在那棟大廈出現了，他肯定是在這裏工作的。

在很強的光線下看書對眼睛有害，所以我們要帶着書隨時隨地拿出來看。

為了防止這類事故不再發生，學校加強了對學生的安全教育。

**答案** 下雨的夜裏，我~~在想念着遠方的親人~~。

**解題** 下雨的夜晚是不會看見星星的，句子內容不符合真實情況，所以應該刪去「望着天空中閃爍的星星」。

**答案** 我已經有好幾次看到他在那棟大廈出現了，~~我猜他的工作地點就是在那裏~~。

**解題** 雖然「我」看見「他」在那棟大廈出現好幾次，但也不能證實他就是在那裏工作，只能是猜測。

**答案** 在很強的光線下看書對眼睛有害，~~所以我們並不是在任何地方都能看書的~~。

**解題** 既然前半句說了強光下看書對眼睛有害，後面就不能說隨時隨地都能看書了。句子內容前後矛盾，別人就無法明白了。

**答案** 為了防止這類事故~~再次~~發生，學校加強了對學生的安全教育。

**解題** 「防止……不再……」是一個雙重否定的形式，令句子意思變成了「事故再次發生」，這與原句想表達的意思是相反的。所以我們應該將「不再」改為「再次」。

我發現馬路一邊有一個路牌，便想仔細看清楚。

在我所有的小夥伴中，我最喜歡媽媽。

除夕晚上，我和哥哥姐姐一起在銀色的月光下快樂地玩耍，真開心！

田地裏的玉米成熟了，一片綠油油的，農民伯伯看了滿心歡喜。

**答案** 我發現馬路<u>的右邊</u>有一個路牌，便想仔細看清楚。

**解題** 這句話可以理解為馬路兩邊各有一個路牌，也可以理解為馬路的其中一邊有一個路牌。為了說清楚，可以把「一邊」改為「右邊」，這樣就不會引起誤會了。

**答案** <u>在所有親人中</u>，我最喜歡媽媽。

**解題** 「媽媽」是親人，而「小夥伴」是指常常在一起的小朋友。所以，根據句子的原意，我們應該把「小夥伴」改為「親人」。

**答案** 除夕晚上，我和哥哥姐姐一起<u>在爺爺家</u>快樂地玩耍，真開心！

**解題** 除夕是農曆的三十日，在這個晚上，是不會出現月亮的。你可要記住這個常識呀！

**答案** 田地裏的玉米成熟了，<u>農民伯伯看了滿心歡喜。</u>

**解題** 玉米成熟的時候，綠色的葉子已經包裹不住黃色的玉米棒了。所以，這時候的玉米田，是不會「一片綠油油」的。

關於場地太小的問題上，解決的辦法有很多。

在別人午睡的時候千萬不要不大聲說話。

那次車禍中的遇難者告訴我們事情發生的經過。

這次秋遊，只有冰冰沒參加，小東後來也請假了。

**答案** 關於**場地大小的問題**，解決的辦法有很多。

**解題** 句子把「關於……的問題」和「在……的問題上」這兩種表達方式混在一起了，反而令句子意思變得不清楚。只需要用其中一種方式來說就可以了。

**答案** 在別人午睡的時候千萬**不要大聲**說話。

**解題** 「不要不」的意思是「要」，表示肯定。當你在句子中用到這個固定詞組時，一定要小心，想清楚自己想說「是」，還是「不」，可別用錯啦！

**答案** 那次車禍中的**倖存**者，告訴我們事情發生的經過。

**解題** 「遇難者」是已經在災難中去世的人，只有「倖存者」才能告訴我們當時事情是怎麼發生的。

**答案** 這次秋遊，**冰冰和小東都沒參加**。

**解題** 既然小東也請假了，那麼這次秋遊就不是「只有」冰冰沒有參加。所以句子要改為「冰冰和小東都沒參加」。

想清楚，說準確

姐姐和我對暑假安排的想法一模一樣，只是在時間上要商量一下。

除了小明之外，全班同學都交了作業。

在大學裏，他學會了多種語言，尤其精通對他最有興趣的法語。

外婆在鄉下的家養了不少小動物，有小貓、小狗、雞和桂花樹。

**答案** 姐姐和我對暑假安排的想法**都差不多**,只是在時間上要商量一下。

**解題** 「姐姐和我」在「時間上要商量一下」,那麼兩個人的想法就不是「一模一樣」了。所以句子要把「一模一樣」改為「差不多」。

**答案** 除了小明之外,**班裏其他**同學都交了作業。

**解題** 因為小明沒有交作業,所以不能說是「全班同學都交了」,只能說「班裏其他同學都交了」。

**答案** 在大學裏,他學會了多種語言,尤其精通**他最有興趣**的法語。

**解題** 「法語」不是人,不能對「他」有興趣,應該是「他」對法語有興趣。

**答案** 外婆在鄉下的家養了不少小動物,有小貓、小狗、雞**等等**。

**解題** 桂花樹可不屬於「小動物」一類的呀!所以應該刪去這個詞,在句子後面加上「等等」才對。

想清楚，說準確

我家很小，卻有很多家用電器：電視機、空調、電飯煲、電冰箱等家電。

給你的信我已經寄出去了，日前應該可以到達上海。

爺爺的書架上有《辭海》、《現代漢語詞典》、《西遊記》等工具書。

這家奶茶店前，想買奶茶的客人排成一條長長的蛇。

**答案** 我家很小，卻有很多家用電器：電視機、空調、電飯煲、**電冰箱等**。

**解說** 句子前面已經說了「家用電器」，句子末尾就不用再加「家電」一詞了，否則就會重複囉嗦。

**答案** 給你的信我已經寄出去了，**過兩天**應該可以到達上海。

**解說** 「日前」的意思是幾天前。句子的意思是信件將會到達上海，而「日前」表示的卻是過去的時間，這就讓句子前後矛盾了。所以要把「日前」改為「過兩天」。

**答案** 爺爺的書架上有《辭海》、《現代漢語詞典》**等工具書**。

**解說** 《西遊記》是古典小說，不屬於工具書，所以應該刪去。

**答案** 這家奶茶店前，想買奶茶的客人排成**一條長龍**。

**解說** 我們通常說人們排隊「排長龍」，卻不會說「排長蛇」，因為「龍」是威武的神獸，人們怎麼會用一向形象不好的「蛇」來代表自己呢？

想清楚，說準確

每次弟弟發現了
自己喜歡看的書，
就一把搶過來，像
餓狼捕食一樣。

我家的小貓十分聰
明，活潑可愛，還
能禮貌待人呢！

早晨，黃鶯用清脆
的歌聲搖醒了森林
中的動物們。

我和小玲挺好的。

**答案** 每次弟弟發現了自己喜歡看的書，<u>就會一手拿起，像飢餓的人看見食物一樣。</u>

**解述** 人們通常形容愛書人看到自己喜歡的書，會有抓在手裏的渴望，但用「餓狼捕食」去形容就有兇悍的感覺，不適宜用來形容愛書的人。用「飢餓的人看到食物」去形容會更加貼切。

**答案** 我家的小貓十分聰明，<u>活潑可愛！</u>

**解述** 小貓不是人，在句子並沒有用擬人的方式去描寫的時候，不能用「禮貌待人」去描述牠。

**答案** 早晨，黃鶯用清脆的歌聲<u>叫醒</u>了森林中的動物們。

**解述** 「歌聲」是被聽到的，應該與「叫」、「喚」等動作搭配。黃鶯只有翅膀，可無法「搖醒」動物們呀！所以句子應該用「叫醒」比較恰當。

**答案** <u>我和小玲是很好的朋友。</u>

**解述** 「挺好的」可以有兩種理解：一是我和小玲最近各方面都過得不錯；二是我和小玲的關係不錯。要把話說清楚，就要改變表達的方式，說成「是很好的朋友」就可以了。

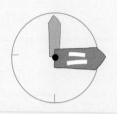

# 哪個才是正確的？

□A. 我不僅獲得了校際比賽的亞軍，還獲得了年級比賽的第一名呢！

□B. 我不僅獲得了年級比賽的第一名，還獲得了校際比賽的亞軍呢！

□A. 現在就要已經到放學的時間了。

□B. 現在就要到放學的時間了。

□A. 我親自動手把實驗做了一遍，才知道這是怎麼回事。

□B. 親自動手把實驗做了一遍，才知道這是怎麼回事。

□A. 這種電腦芯片的研製，耗時長達六年之久。

□B. 這種電腦芯片的研製，耗時長達六年。

**答案** B

年級比賽比校際比賽的規模小，而「還」字有更進一步的意思。所以在「不僅……」後應先提到規模小的比賽，再在「還……」後提及規模大的比賽。

**答案** B

「就要」表示事情還沒發生，「已經」表示事情發生了。兩個詞合在一起用，會令句子的意思變得模糊不清。句子中只出現其中一個詞就可以了。

**答案** A

一個完整的句子，應該說清楚是甚麼人在做甚麼事。句子沒有了「我」，別人就不知道是誰親手做實驗，也說不清楚是誰「知道這是怎麼回事」了。

**答案** B

「長達」與「之久」重複了，這兩個詞都表示時間達到甚麼程度的意思。刪去其中一個即可。

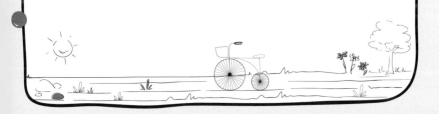

□ A. 我睏得睜不開一雙眼睛。

□ B. 我睏得睜不開眼睛。

□ A. 如果消費港幣 1000 元以上，客人可免費停車三個小時。

□ B. 如果消費超過港幣 1000 元以上，客人可免費停車三個小時。

□ A. 敵方軍隊以兩名士兵失蹤為名，發動了戰爭。

□ B. 敵方軍隊藉口兩名士兵失蹤為名，發動了戰爭。

□ A. 這是一位受大眾歡迎最喜愛的歌手。

□ B. 這是一位受大眾歡迎的歌手。

**答案** B

**解說** 我們的語言習慣就是說「睏得睜不開眼睛」，根本沒有必要加上「一雙」去對眼睛進行說明。

**答案** A

**解說** 「超過」與「……以上」意思重複了，句子中只需出現其中一個就可以了。

**答案** A

**解說** 「藉口」與「以……為名」意思相近，若合起來用則會令句子變得重複囉嗦，所以句子中這兩個詞組不應同時出現。

**答案** B

**解說** 如果句子把「受大眾歡迎」和「大眾最喜愛」兩個句式合起來用，那麼句子主要描述的到底是「誰」？既然句子主要描寫的是「這位歌手」，那麼只用「受大眾歡迎」就已經能準確表達意思了。

☐ A. 學習上的一點點困難，絕對不會
　　把我嚇倒！

☐ B. 學習上的一點點困難，絕對不會
　　被我嚇倒！

這裏的墙壁上畫滿了 ＿＿＿ 的圖案，
很受年輕人歡迎。

　　☐ A. 趣怪　　　☐ B. 有趣

☐ A. 他開車很定，坐他的車總是
　　很有安全感。

☐ B. 他開車開得很平穩，我坐他
　　的車總是很有安全感。

這部電視劇一上映就廣受歡迎，
簡直到了 ＿＿＿ 的程度。

　　☐ A. 萬人空巷　　☐ B. 街知巷聞

**答案 A**

**探究** 到底是「困難」嚇「我」，還是「我」嚇「困難」？看句子的意思，肯定是「困難」在嚇我，而「我」是不會被它嚇倒的。如果選 B，那麼句子的意思就會相反，是困難被我嚇倒了。

---

**答案 B**

**探究** 「趣怪」是粵語中才有的詞語，在普通話中並無這個詞，故此不應選 A。

---

**答案 B**

**探究** 如果一位司機開車比較安全穩妥，我們坐在車上就會覺得車很平穩。而形容司機開車「很定」，常常出現在粵語口語中，在普通話書面語中是不能這樣用的。

---

**答案 B**

**探究** 「萬人空巷」意思是家家戶戶的人都從巷裏出來，用來形容慶祝、歡迎的盛況。受大眾歡迎的電視劇播出的時候，大家都在家中觀看，又怎麼從巷裏出來呢？以後可別用錯「萬人空巷」這個詞啦！

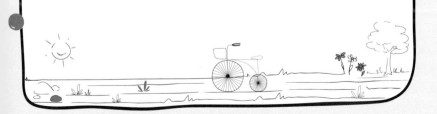

□ A. 今天我少穿了一件衣服，晚上覺得特別冷。

□ B. 今天我穿少了一件衣服，晚上覺得特別冷。

□ A. 美美送了三支筆給我。

□ B. 美美送給我三支筆。

□ A. 你先過去，我待會就到。

□ B. 你過去先，我待會就到。

□ A. 因為高興，昨晚爸爸喝多了兩杯酒，所以現在還沒醒。

□ B. 因為高興，昨晚爸爸多喝了兩杯酒，所以現在還沒醒。

答案 B

在粵語中，常常把一些對動作的補充說明的詞語放在動詞前面。實際上，在普通話的規範表達上，這些詞語是要放在動詞後面的。所以，正確的說法應該是「穿少了」。

答案 B

「送給我三支筆」才是普通話的規範表達，「送了三支筆給我」是粵語才有的表達方式。

答案 A

「過去先」是粵語中常見的表達順序，而在普通話的規範表達中，「先過去」才是正確的。

答案 B

在普通話正規的表達中，應該說「多喝了兩杯」，「多」字應該放在「喝」這個動詞的前面。「喝多了兩杯酒」是粵語口語常見的表達，不能用在正式書面語中。

在決賽中，我們將與五年級的哥哥姐姐爭奪 ＿＿＿ 。

　　□ A. 冠軍　　　□ B. 冠亞軍

警察很快就查清真相，抓走了那 ＿＿＿ 貪污的官員。

　　□ A. 位　　　　□ B. 個

中醫生開完藥之後，叮囑爸爸要每天喝一 ＿＿＿ 。

　　□ A. 服　　　　□ B. 副

□ A. 這次勝利是全體籃球隊員共同努力的後果。

□ B. 這次勝利是全體籃球隊員共同努力的成果。

答案 Ⓐ

解說 決賽後分出的就是冠軍和亞軍，兩支隊伍根本就不需爭奪「亞軍」，要爭奪的應該只是「冠軍」。在平常說話時，記得要小心，別犯這種常識的錯誤啊！

答案 Ⓑ

解說 對值得尊敬、有聲望、品德好、受人歡迎的人，人們習慣用「位」這個量詞去搭配。而「貪污的官員」是沒有人會喜歡的，不應該用「位」去搭配，而可以用比較中立的「個」字。

答案 Ⓐ

解說 在普通話書面語中，與中藥搭配的量詞，是「服」，而不是「副」。

答案 Ⓑ

解說 「後果」這個詞常常與有害及不好的事情搭配，而「成果」則可以與好的事情、學習、工作等搭配。籃球比賽取得勝利，自然是好的事情，所以要選擇「成果」。

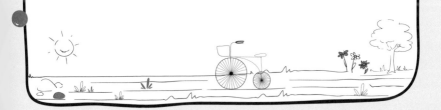

□ A. 你們完成工作後趕快回家，為了安全。

□ B. 為了安全，你們完成工作後趕快回家。

□ A. 冷空氣來了，今天明顯比昨天冷。

□ B. 冷空氣來了，今天明顯凍過昨天。

□ A. 你知道我們學校的圖書館裏一共有幾多本書嗎？

□ B. 你知道我們學校的圖書館裏一共有多少本書嗎？

□ A. 我們必須一定要按照預定的計劃完成任務。

□ B. 我們一定要按照預定的計劃完成任務。

**答案** B

**解題** 為甚麼要「完成工作後趕快回家」？是「為了安全」。說話時，先把原因說出來，再說具體的做法，會令人信服，也符合人們思考問題的過程。

**答案** A

**解題** 在普通話書面語中，「凍」字不能單獨形容氣溫低，「冷」才可以。而且，當兩者有比較時，不能說「……過……」（粵語口語的說法），應該說「比……」。

**答案** B

**解題** 「幾多」是粵語中表示「多少」的詞語，在古文中也可以表示「多少」。但在現代普通話書面語中，則要用「多少」。

**答案** B

**解題** 「必須」和「一定」意思重複了。正確的句子中只需保留其中一個詞語。

□ A. 穎兒白白淨淨的臉蛋上長着一雙水靈靈的大眼睛，特別可愛。

□ B. 穎兒白白淨淨的臉蛋上長着一雙水靈靈的大眼睛，特別神氣。

□ A. 今天晚上家裏沒人，只有我一人在家。

□ B. 今天晚上家裏只有我一個人。

□ A. 放假後，我們班許多要補習。

□ B. 放假後，我們班許多同學要補習。

□ A. 時間太緊了，我不得不坐出租車趕來。

□ B. 時間太緊了，我只好不得不坐出租車趕來。

**答案 A**

**解說** 「神氣」指精神飽滿，或自認為優秀就很得意或者看不起別人。從句子前半部分的描述來看，應該用「可愛」去形容，而不是「神氣」。

**答案 B**

**解說** 既然「我」在家，就不能說今晚「家裏」沒人了，只能說家裏「沒有其他人」，或者「家裏只有我一個人」。

**答案 B**

**解說** 「我們班許多」是指人，還是物？「許多」後面沒有說清楚。應該要加上具體的人或事物，改為「我們班許多同學」。

**答案 A**

**解說** 「只好」與「不得不」表達的意思是相近的，兩個詞一齊用令句子變得重複囉嗦，只保留一個才對。

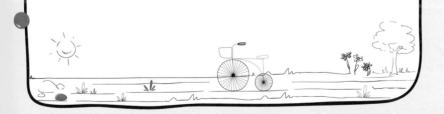

□A. 叔叔才 40 歲，已經長滿滿頭花
　　白的頭髮了。

□B. 叔叔才 40 歲，已經滿頭白髮了。

秋天 _____ 晴空萬里。

□A. 的天空　　□B. ，

□A. 同學們覺得最後一天的義工活動
　　是最有意義的一天。

□B. 同學們覺得最後一天的義工活動
　　是最有意義的。

**答案** B

「滿頭白髮」已經有頭上長滿白髮的意思，說「長滿滿頭」會顯得句子非常累贅。句子只用「滿頭白髮」就可以了。

**答案** B

「晴空萬里」，說的就是天空的情景，前面不用再特別說明「秋天的天空」，否則就會令內容重複。

**答案** B

「義工活動」不能是「一天」。所以句子應該刪去「一天」這個詞。

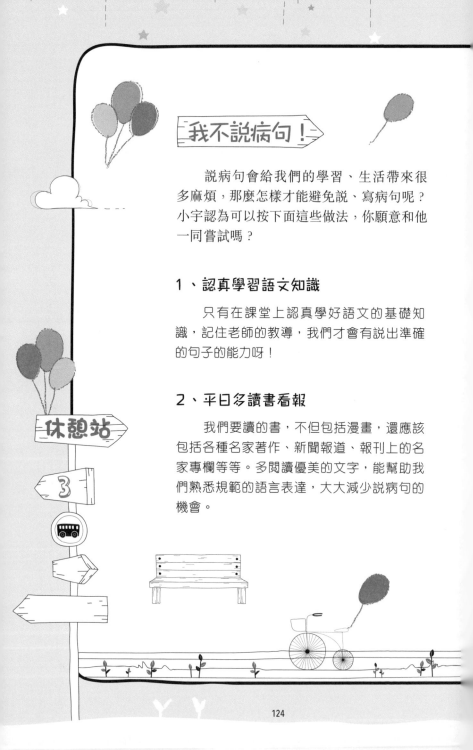

# 我不說病句！

　　說病句會給我們的學習、生活帶來很多麻煩，那麼怎樣才能避免說、寫病句呢？小宇認為可以按下面這些做法，你願意和他一同嘗試嗎？

## 1、認真學習語文知識

　　只有在課堂上認真學好語文的基礎知識，記住老師的教導，我們才會有說出準確的句子的能力呀！

## 2、平日多讀書看報

　　我們要讀的書，不但包括漫畫，還應該包括各種名家著作、新聞報道、報刊上的名家專欄等等。多閱讀優美的文字，能幫助我們熟悉規範的語言表達，大大減少說病句的機會。

休憩站

3

## 3、寫作文時注意寫正確的句子

我們要珍惜每次寫作文的機會。在動筆之前，我們都要先想想：這句話應該怎麼說才好？寫好文章的內容後，我們要用學到的三大方法反復檢查句子：除了要表達出自己的想法之外，這個句子有沒有說清楚誰在做甚麼？句子的內容準確、合理和通順嗎？能不能寫得更簡單明白？經過這樣的訓練，我們就能提高語言表達的準確度。

## 4、先想清楚再說話

說話比寫文章更容易有病句。要避免說錯，在我們說話之前就應該先想清楚：我要表達甚麼意思？這句話我應該怎麼安排？雖然可能會說得慢一點，但說話不出錯，可對我們與別人的交流有太多好處啦！

## 5、隨時留心身邊的病句

平時我們也可以玩「找病句」的遊戲：在街市、商店、餐館裏，海報、公告、報刊上，帶着「火眼金睛」的你，有沒有發現病句？如果有，你認為應該怎麼改？你可以把想到的修改方法告訴父母、同學、老師，與大家一起探討自己改得對不對。隨時隨地做練習，不久以後，我們就一定能戰勝「病句」這個難關！

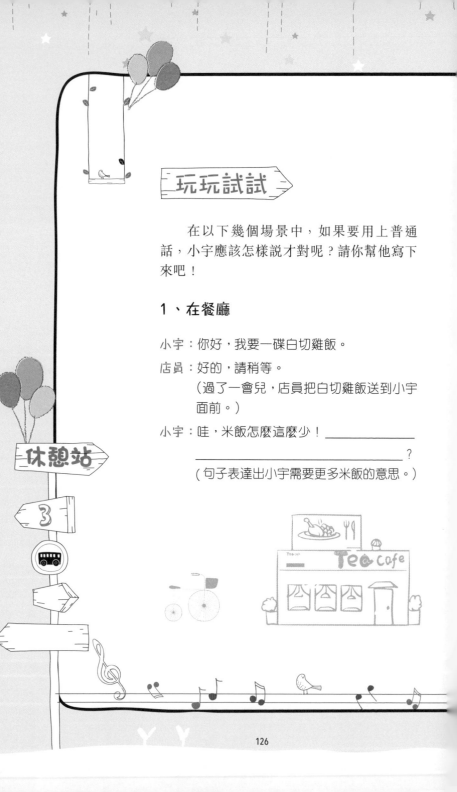

## 玩玩試試

在以下幾個場景中，如果要用上普通話，小宇應該怎樣説才對呢？請你幫他寫下來吧！

### 1、在餐廳

小宇：你好，我要一碟白切雞飯。

店員：好的，請稍等。

（過了一會兒，店員把白切雞飯送到小宇面前。）

小宇：哇，米飯怎麼這麼少！＿＿＿＿＿＿＿＿

＿＿＿＿＿＿＿＿＿＿＿＿＿＿＿＿＿？

（句子表達出小宇需要更多米飯的意思。）

## 2、在學生會

小宇：玲玲，我們要走快一點，開會時間到了！
（來到會議室，小宇和玲玲找到位置坐下。）

玲玲：幸虧我們跑上來，不然就沒座位了！

小宇：對啊！今天 ＿＿＿＿＿＿＿＿＿＿＿＿＿，
平時不來開會的同學都來了！（句子表達
出所有人都來了的意思。）

## 3、在家裏

小宇：媽媽，這次語文考試我只能排第三名，
而美儀又拿了第一！

媽媽：啊，第三名也挺好的呀！你要想拿第一，
就繼續努力吧！

小宇：真不明白，明明我已經很努力了，

＿＿＿＿＿＿＿＿＿＿＿＿＿＿＿＿＿＿ ？
（句子表達出自己每次考試都比不上美儀
的意思。）

參考答案

休憩站1

1. 我／妹妹見過很多古代建築，比如故宮、長城等等。

2. 我／妹妹有個問題／難題想向老師請教。
（「問題」和「難題」這兩個詞只能選其中一個，不能同時出現）。

休憩站2

### 傳統的節日

我國有許多傳統的節日，比如春節、元宵節、中秋節和重陽節等等。春節是我們中華民族的一個重要節日。我還知道春節的來歷呢！我國古代民間雖然早已有過年的風俗，但那時並不叫春節。因為古時所説的春節，指的是二十四節氣中的「立春」。現在的春節有很多活動，比如在大年三十晚上，電視台會組織倒數和迎接農曆新年的活動。在活動中有很多節目：唱歌、跳舞、趣劇等等，非常精彩。

春節真是一個令人快樂的節日。它可以讓人們停下忙碌的生活，放鬆一下。我最喜歡春節這個節日啦！

休憩站3

1. 能不能多給我一點呀

2. 今天人真齊

3. 為甚麼總是每次考試都比美儀差／為甚麼總是每次考試都比不上美儀